Fou furieux

collection libellule
sous la direction de
Yvon Brochu

De la même auteure

Aux éditions Héritage
La revanche du dragon, 1992
Un voyage de rêve, 1993
Les cartes ensorcelées, 1993
C'est pas tous les jours Noël, 1994

Chez Dominique et compagnie
Lia et le nu-mains, 1994
Lia et les sorcières, 1995
Mes parents sont fous, 1996
Lia dans l'autre monde, 1996
Fous d'amour, 1997
Le cadeau ensorcelé, 1997
La tête dans les nuages, 1997
Une histoire de fous, 1998
La queue de l'espionne, 1999

Aux éditions Pierre Tisseyre
Micha au grand magasin, 1990
Micha et la visite, 1991
Mozarella, 1994

Chez Soulières éditeur
Le champion du lundi, 1998
Le démon du mardi, 2000

Fou furieux

Danielle Simard

Illustrations
Philippe Germain

Données de catalogage avant publication (Canada)

Simard, Danielle, 1952-

Fou furieux

(Collection Libellule)

Pour les jeunes de 9 ans et plus

ISBN 2-89512-154-0

I. Germain, Philippe. II. Titre.

PS8587.I287F69 2000   jC843'.54   C00-940028-1
PS9587.I287F69 2000
PZ23.S55Fo 2000

Direction de la collection : Yvon Brochu, R-D création enr.
Direction artistique : Dominique Payette
Illustrations : Philippe Germain
Révision-correction : Martine Latulippe
Mise en page : Philippe Barey

© Les éditions Héritage inc. 2000
Tous droits réservés
Dépôts légaux : 3e trimestre 2000
Bibliothèque nationale du Québec
Bibliothèque nationale du Canada
ISBN 2-89512-154-2
Imprimé au Canada
10 9 8 7 6 5 4 3 2

Dominique et compagnie
300, rue Arran, Saint-Lambert (Québec) J4R 1K5
Téléphone : (514) 875-0327
Télécopieur : (450) 672-5448
Courriel : info@editionsheritage.com

Nous remercions le Conseil des Arts du Canada de l'aide accordée à notre programme de publication ainsi que la Sodec et le ministère du Patrimoine canadien.

À Philippe, mon neveu dévoreur de livres et grand compteur de buts.

À Camille, ma nièce touche-à-tout, qui glisse dans la vie comme sur ses patins.

Chapitre 1

Sans blague !

Enfin, le printemps ! Planté sur un rocher, au beau milieu du ruisseau en crue, je pêche la truite avec Zen. Il fait beau, le festival du chant d'oiseau bat son plein et tout serait parfait si mon robot pouvait se la fermer un peu. Mais c'est plus fort que lui : depuis quelques jours, mon sac à puces électroniques donne dans l'humour intensif. Une blague n'attend pas l'autre. Le voilà qui recommence :

– Deux robots se rencontrent. Le robot un demande au robot deux : « Comment la santé va ? » Le robot deux répond au robot un : « Bien, merci, mais je manque de fer un peu. »

– Et puis ?

– La blague est finie. Robot... fer ! Ha ! ha ! ha !

Je me force à rire, par gentillesse. Pas terribles, les blagues de robots.

– Comment on appelle un robot qui fait la cuisine ? enchaîne Zen.

– Je donne ma langue au chat, dis-je pour couper court.

– Inutile, rétorque mon robot, déjà le chat a une langue. Ha ! ha ! ha !

Cette fois, je le laisse rire tout seul. Avant, on pêchait en silence, Zen et moi. D'ailleurs, c'est ainsi qu'on doit pêcher. Parler fait fuir les poissons. Les pêcheurs sérieux se fondent toujours dans le décor, aussi peu bruyants que les troncs d'arbres. Le rire si bizarre de Zen s'arrête enfin.

– Un robot culinaire ! lance-t-il.

– Quoi ?

– On appelle le robot qui fait la cuisine, un robot culinaire, répond Zen. Et sais-tu quelle est la boisson préférée des robots ?

– L'huile à moteur ?

– Non, le lait robogénéisé. Ha ! ha ! ha !

– Bon ! Là, ça suffit, les blagues de robots. J'en ai assez !

– Qu'est-ce qui est incolore et sent la
carotte ?

– Et qui est-ce qui va se fâcher, Zen ? J'ai
dit : finies, les blagues de robots !

– Zen fait pas une blague de robot. La
réponse est : un pet de lapin !

J'éclate de rire. Impossible de m'en
empêcher. Mais je ne vais pas le laisser
continuer pour autant. Dès qu'il reprend :
« Deux puces vont au cinéma et... », je
l'éteins. Ouf ! très pratique, ce bouton
ON/OFF fiché sur la poitrine de mon
robot. J'ose à peine imaginer ma vie sans
cet accessoire. Il n'y aurait plus moyen de
faire taire ma casserole parlante ; ce serait
l'enfer !

Par contre, je m'imagine encore moins

sans Zen : tout seul, à douze ans, en compagnie d'une dizaine d'inventeurs plus fous les uns que les autres... Une chance que mes parents m'ont fabriqué ce frère artificiel ! Ils me devaient au moins ça. C'est bien beau, venir s'installer au fond des bois entre copains savants, mais de là à entraîner un enfant innocent !

Une chance aussi que Zen a participé à la plus folle expérience de mes génies timbrés ! En effet, pendant quelques heures, on a branché son cerveau sur le corps de mon père. Un jumelage farfelu, qui a permis à mon robot d'enrichir formidablement sa mémoire. Depuis, il a même des sentiments. Super ! Sauf qu'un robot aux réactions humaines offre tout un champ de recherches. J'étais certain qu'un jour on tenterait de nouvelles expériences sur Zen... et je ne me trompais pas ! La semaine dernière, le vieux Conrad Millbitts, le plus fou de tous les savants fous du coin, s'est permis de saboter mon ami.

Zut ! même en silence, la pêche n'est

pas bonne. Aussi bien rentrer à la maison. Allez, chère casserole à blagues, ON !

– … quand les puces sortent du cinéma, il pleut, reprend Zen là où il avait laissé sa blague. La puce un dit à la puce deux : « On rentre à pied ou on prend un chien ? » Ha ! ha ! ha !

Il a de la suite dans les idées, ce robot !

– Aucune truite ne veut mordre, Zen. On rentre.

– Normal : les truites ont pas de dents, fait-il en rangeant sa canne.

– Tu n'es même pas drôle ! Et puis, tiens, en parlant de puces, veux-tu bien me dire pourquoi tu laisses Conrad Millbits jouer dans les tiennes ? Qu'est-ce que ça te donne, qu'il trafique ainsi ton système électronique ?

– Zen va devenir célèbre, déclare mon robot, soudain sérieux.

Eh oui ! Conrad l'a piégé par la vanité,

une des maladies que mon père a trans-
mises à Zen lors de leur jumelage. Le gé-
nial Millbits a prétendu que ses
expériences seraient rapportées dans tous
les journaux et mon paon de métal s'est
aussitôt laissé manipuler sans réfléchir. Ce
vieux fou de savant a ainsi trouvé un
cobaye inespéré pour mettre à l'épreuve
ses récentes théories : selon lui, on peut
changer le comportement d'un individu
en modifiant des combinaisons de circuits
électriques dans son cerveau. Par exemple,
quelques ajustements suffiraient à faire
d'un être ennuyeux un grand conteur de
blagues. Pas facile à tester sur un cerveau
biologique, mais parfait pour le cerveau
électronique de mon robot humanisé.

– Tu ne deviendras pas célèbre, Zen.
Conrad t'a menti pour t'embobiner. On
ne parlera de toi dans aucun journal,
puisque les recherches auxquelles tu te
prêtes, comme toutes celles qui se font
ici, sont archi-secrètes !

– Conrad va publier ses résultats un

jour. Zen vieillit pas. Zen peut attendre cent ans. Zen sera un robot célèbre un jour.

Conrad Millbits m'a placé dans une situation bien difficile. Il a raconté ces sornettes à Zen sans demander d'abord la permission à mes parents ou à moi. Il savait trop bien qu'on ne la lui donnerait pas ! Maintenant, je suis coincé : comment empêcher cette expérience à laquelle Zen tient tellement ? Moi qui ai toujours prétendu être son ami plutôt que son maître...

Le matériel de pêche est ramassé. Zen se penche. Je monte sur son dos, je déplie ses omoplates pare-brise et j'attache les cannes sur son derrière.

– Je suis prêt !

– Zen sait, dit mon robot sans broncher. Étienne est sur le dos de Zen, Étienne est *près* beaucoup.

– Prêt À PARTIR !

Mon motorobot saute en riant d'un

rocher à l'autre jusque sur la rive, puis nous filons à travers la forêt vers la maison. Si seulement Zen pouvait redevenir comme il y a une semaine ! J'aime bien l'entendre rire, mais de là à trouver ses blagues drôles, c'est une autre paire de manches... Un autre père dimanche... Une autre poire en tranches... Pas terribles, mes calembours ! Je devrais peut-être aller me faire jouer dans les circuits, moi aussi. Cramponné à Zen, je lui crie :

– Dis donc, tu n'as pas un rendez-vous avec Conrad, pour qu'il replace tes circuits électroniques comme avant ?

Tout en poursuivant sa course folle, mon motorobot répond :

– Zen a rendez-vous demain. Conrad va replacer les circuits électroniques de Zen, mais pas comme avant.

– Pas comme avant ! Comment, alors ?

– Zen sait pas.

C'est trop fort ! Stupéfait, je me redresse

sur ma monture, pour m'y aplatir aussitôt : un peu plus je me faisais assommer par une branche basse ! Je m'écrie :

– Tu te laisses faire n'importe quoi, comme ça ! Et si Conrad te transforme en dinde, qu'est-ce que tu vas dire ?

– Glouglou. Les dindes glougloutent. Ha ! ha ! ha !

Chapitre 2

Les nerfs à fleur de métal

– On va à la pêche, ce matin ? Il fait si beau !

– Zen veut plus tuer les poissons, c'est triste trop. Le soleil est triste trop aussi. Le soleil rit des malheurs du monde, débite mon robot, le front appuyé contre le mur du salon, laissant la fenêtre éclater de lumière dans son dos.

– Tu sais quoi, Zen ? Je m'ennuie sérieusement de tes farces plates.

– Étienne est méchant. Les farces de Zen sont pas plates.

– Non, tu as raison : elles sont épaisses.

Eh oui ! À mon tour de faire les blagues que Zen m'aurait servies il y a quelques jours. Mon robot a complètement perdu son sens de l'humour tout neuf. Deux coups de tournevis bien placés et voilà qu'il n'a plus le cœur à rire, mais à pleurer. Damné Conrad ! Zen a maintenant les nerfs à fleur de peau, comme dit ma mère. Mais non, puisqu'il n'a pas de peau... Disons plutôt qu'il a les nerfs à fleur de métal. Et puis zut ! quels nerfs ?

– Zen est un robot seul, se plaint-il pour la centième fois en deux jours.

Ses lamentations m'embêtent. Avant, j'étais le seul à me plaindre dans cette maison et c'était bien mieux ainsi.

– Très gentil ! lui dis-je. Je te fais remarquer qu'avec moi, tu n'es pas seul.

– Étienne est un humain seulement. Étienne comprend pas les robots. Iiiiiiiiiiiiichkrcruchhh !

Je me plaque les mains sur les oreilles.

Quelle horreur, ce nouveau bruit ! Une sorte de sanglot de robot, je suppose... Le voilà qui lève les bras au ciel et lance :

– La vie est triste. Iiiiiiiiiiichkrcruchhh ! Zen a pas demandé à venir au monde. Iiiiiiiiiiiichkrcruchhh !

– Zen ! Te rends-tu compte du pétrin dans lequel tu t'es fourré ? En fait, tu souffres pour rien. Juste parce que Conrad Millbits en a décidé ainsi. Mais ça suffit ! Je vais lui dire de cesser immédiatement ses folies !

Je me dirige vers la porte de la maison mais, avant que j'y arrive, mon robot se jette devant. Bras et jambes écartés, il reprend ses jérémiades monocordes :

– Étienne se mêle des affaires de Zen toujours. Zen voit clair maintenant. Zen laisse plus Étienne décider tout.

– Mais non, on sait bien, puisque c'est Conrad qui décide de tout !

– Conrad est un ami vrai, me lance en

pleine figure ce faux frère. Conrad sait Zen est pas un robot de compagnie pour enfants seulement. Zen est un champ de recherches inouï.

Le monstre ! Me dire des choses pareilles : un robot de compagnie pour ENFANTS ! J'ai le goût de le gifler. Mais c'est à moi que je ferais mal. Debout devant sa masse imposante, je serre les poings, les dents, les orteils... J'ai l'impression d'être un volcan en éruption qui tente de retenir sa lave.

Pour me calmer, je me répète que Zen n'y est pour rien, que ce sont ses foutus circuits déviés qui lui brouillent l'esprit. Puis je me dis qu'aujourd'hui, au moins, le pauvre robot déprimé réagit. Hier, cette carcasse de métal et de chagrin n'a rien fait d'autre que traîner devant la maison, couchée au bout du quai. Je ne parviens tout de même pas à ravaler un petit ton ironique quand je laisse échapper :

– En tout cas, je suis content de te voir reprendre vie.

– Conrad a transformé Zen. Zen voit derrière les masques. Étienne dit un mensonge : Étienne est pas content véritablement. Iiiiiiiiiiiichkrcruchhh ! Zen voit la vie vraie. La vie vraie est laide trop. Iiiiiiiiiiiiichkrcruchhh ! Zen veut pas reprendre vie. Poooooooouchhhhhichhhh !

Quel est ce nouveau bruit ? Un soupir ? On dirait que les jambes de mon robot deviennent molles. Le voilà qui se recroqueville au pied de la porte. Et... oh non ! il met lui-même son bouton à *OFF* ! On aura tout vu ! J'envoie un coup de pied dans ses pattes en boîtes de conserve et je remets son bouton à *ON*.

– Tu pourrais au moins dégager la porte avant de t'éteindre, lavette électronique ! que je lui lance dans les écoutilles. Tu n'es pas si facile à déplacer, gros sac à puces !

Fouetté par un sursaut d'énergie, mon robot se lève d'un bond et ouvre la porte.

– Étienne veut Zen dégage. Zen dégage.

Zen va chez son ami vrai. La maison de Conrad est la maison vraie de Zen.

Sur un dernier : «Zen dégage !», le voilà qui décolle comme un obus. Pas la peine de me lancer à ses trousses, Zen battrait à plate couture n'importe quel sprinter, n'importe quel marathonien. Je le regarde contourner le lac à la vitesse de l'éclair et piquer à travers la forêt. La maison des Millbits est à une vingtaine de kilomètres. Il peut y arriver, frais et dispos, en moins de quinze minutes.

Sur le pas de la porte, les bras ballants, je tente de digérer ce qui vient d'arriver. Mais c'est trop indigeste : j'ai soudain un haut-le-cœur universel. Sans crier gare, le lac désert, la forêt sans fin et le ciel vide me tombent sur l'estomac de tout leur poids. Qu'est-ce que je fais là, tout seul ? Je suis un volcan qui ne retient plus sa lave : j'explose ! Je claque la porte. Renverse un fauteuil. Casse un verre. Mais non ! Il est incassable, ce foutu verre ! Alors je le lance trois fois plutôt qu'une.

Puis je double mon éruption volcanique d'une tornade qui balaie les rayons de la bibliothèque. Je tonne à fendre l'âme : « Je déteste la science ! Je déteste les savants, les robots débiles, les voleurs d'amis, les adultes égoïstes, la forêt, la viiiiiiiiiiiiie ! » Un peu plus et je ferais : « Iiiiiiiiiiiiich-krcruchhh ! »

Je tombe par terre, complètement vidé. Plus une goutte de lave fumante. Un volcan éteint au milieu des régions qu'il a dévastées. Plus un son... Mes parents n'ont même pas eu la curiosité de venir voir ce qui se passe. Ils sont partis trop loin dans leur univers mathématique pour entendre l'ouragan qui a renversé l'étage inférieur. C'est ainsi... J'ai beau n'être qu'à quelques mètres sous leurs pieds, je suis quand même à des années-lumière de leurs pensées. Ah ! ces maudits savants !

Bon ! Après l'éruption et la tornade, voilà le déluge ! Je braille comme un bébé, étendu sur le plancher. Ce qui m'éclaircit les esprits. Je me mets à penser qu'on est samedi. Freydis n'est donc pas à l'école et je pourrais sans doute la rejoindre à Montréal, par le reliaphone. Je me relève péniblement – ça pèse lourd, un cœur gros – et j'appelle mon amie.

Ma belle blonde emplit l'écran et sourit de toutes ses petites dents. Mon cœur devient léger comme un nuage. Un nuage

d'orage, tout de même, avec des pince-
ments de temps en temps, comme de
brefs éclairs qui fusent quand je lui raconte ce qui vient d'arriver. Elle suggère de
prendre mon mal en patience : « Conrad
finira bien par avoir fait le tour de Zen.
Tout redeviendra comme avant. » Et surtout, surtout, dans moins de deux mois,
Freydis, ma belle oiseau, reviendra passer
l'été chez sa tante Irma et son oncle Icare,
nos voisins ! On va s'amuser comme des
fous, elle, Zen et moi. Freydis veut même
me convaincre d'essayer la machine à
voler qu'Icare lui a fabriquée l'an dernier.

– C'est toi, l'oiseau ! lui dis-je.

Elle rit. Et je bois son rire à grandes gor-
gées. Il n'y a pas de meilleur vaccin contre
la déprime. Pourtant, il n'a été découvert
par aucun grand savant.

Chapitre 3

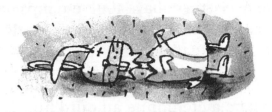

Macabre découverte

Foutu printemps ! Déjà une semaine que mon robot m'a abandonné pour Conrad et voilà qu'il souffle un vent à vous glacer le sang. Ce traître mois de mai nous ramène en décembre !

Je me demande si mon copain électronique se lamente encore, vu que le vilain soleil n'est plus là pour rire de ses malheurs. Sûrement. Je l'imagine très bien casser les oreilles de son « ami » Conrad : « Zen trouve les nuages méchants. Les nuages boivent la lumière toute. Les nuages font la vie grise. La vie grise est laide. Iiiiiiiiiiiichkrcruchhh ! »

Pauvre savant ! N'empêche, le déménagement de Zen chez lui peut avoir du bon. Avec son cobaye tout le temps dans les pattes, le vieux Millbits aura sans doute moins le goût d'éterniser ses expériences.

En dépit du mauvais temps et du reste, la pêche a été bonne aujourd'hui. Trois belles truites. Je range mes agrès et je quitte le rocher avec mes succulents trophées. J'aurais bien aimé partager ce plaisir. Zen me manque – l'ami... et le motorobot. Je dois maintenant me taper une marche de deux kilomètres dans un sentier boueux. J'aurais pu prendre ma barre de vitesse, mais je suis devenu allergique aux inventions de mes chers savants. Ne suis-je pas un être NORMAL, qui peut se servir de ses deux jambes pour se déplacer ?

Ouais... sauf qu'en de telles circonstances, mon désir d'être « normal » faiblit drôlement. Le bout du nez gelé, je m'élance vers le sentier. Les petites feuilles vert tendre m'encouragent. Je les salue au passage et je tire la langue aux nuages qui courent là-haut. C'est le printemps, que tu le veuilles ou non, sale vent du nord ! Regarde tous ces trilles, à gauche : un tapis de fleurs ! T'imagines-tu qu'ils vont retourner sous terre, juste parce que tu t'amuses à nous souffler du gris et du froid ? Me voilà qui parle au vent ! C'est fou, la solitude. Tant qu'à faire, pourquoi ne pas saluer les trilles ? Salut, mes jol... Tiens, on dirait une boule de poils. Un lièvre ? Pas facile d'avancer sans bruit sur les feuilles de l'automne dernier. Jeannot Lapin m'entend sûrement venir. Pourquoi ne se pousse-t-il pas ? Est-il blessé ?

Quelle horreur ! Le petit animal est décapité. Je m'accroupis, le cœur serré. Gisant sur le côté, la tête aux longues oreilles n'est rattachée au reste du corps que par un os. Comment une chose pareille a-t-elle pu se produire ? Il semble qu'on ait tiré avec une force terrible sur cette tête pour l'arracher, la dévisser... Je regarde autour de moi : les trilles sont impassibles, rien ne cloche, à part ce lièvre qui a l'air tombé du ciel.

Bouleversé, je me remets en marche et découvre bientôt un décor sens dessus dessous : des branches fraîchement cassées jonchent le sol, un petit sapin déraciné paraît avoir été projeté contre un rocher et de jeunes bouleaux sont brisés en deux. Je n'en crois pas mes yeux. Je suis passé à cet endroit il y a trois heures à peine et tout était normal ! Soudain, je m'arrête. Sur les feuilles mortes, il y a des taches rouges... Le sentier que je suis gravit une colline depuis quelques mètres. Je me retourne et, plus bas, je revois le parterre de trilles ainsi que la minuscule boule de poils. Aurait-on décapité le lièvre à l'endroit où je me trouve pour ensuite le lancer si loin ? Qui possède une telle force ? Un ours détraqué ?

Mon cœur s'affole. Je presse d'abord le pas, de plus en plus inquiet ; puis, à mesure que je m'approche du sommet de la colline, je ralentis. Que me réserve l'autre versant ? Silencieux, aux aguets, je me tiens prêt à rebrousser chemin à tout moment. Une fois parvenu suffisamment haut pour voir le sentier redescendre, je m'immobilise et scrute la forêt dévastée qui s'étend devant moi.

Je distingue tout à coup quelque chose qui bouge à travers les jeunes feuilles... Une forme métallique... Ouf ! c'est Zen ! Je suis sur le point d'appeler mon ami quand il se retourne brusquement. Il brandit un arbuste déraciné ! Je reste saisi, incrédule. Avec fureur, il se met à fouetter les troncs d'arbres qui l'entourent, puis il projette le petit arbre disloqué au loin et regagne le sentier. Zen me fait maintenant face, à une trentaine de mètres environ. Aussitôt, je remarque les taches rouges sur son revêtement d'aluminium... Zen est couvert de sang ! Mon attirail de pêche me glisse des mains et un faible cri m'échappe. Quel imbécile ! Avec ses micros multidirectionnels supersensibles, mon robot me repère aussitôt. Je fais demi-tour et je cours comme je n'ai jamais couru de ma vie. Je dévale la colline. Mes enjambées sont si grandes que je suis tout près de m'envoler. Plus vite, plus vite ! Dans mon dos, j'entends Zen qui se rapproche. La frayeur me lance en avant, tandis que je cherche de tous mes yeux un trou pour échapper à ce cauchemar. Et je le vois, ce trou ! Entre de gros rochers appuyés les uns aux autres.

J'y plonge en me heurtant la tête, les bras, les jambes et j'atterris dans un antre d'un mètre de haut par deux de long. J'essaie de m'y tapir le plus profondément possible. Mon cœur, que je ne sentais plus dans la fuite, va maintenant me rendre fou. À grands coups, il m'emplit le corps d'une douleur insupportable. Un étrange bruit s'amplifie, une sorte de grognement accompagné de sifflements stridents. Zen tourne maintenant autour de mon abri ! Sa tête apparaît dans le trou par lequel j'ai sauté. Je crie, haletant :

– C'est moi ! C'est Étienne ! Qu'est-ce que tu as, Zen ? Tu me fais peur !

Il ne me répond pas, ne fait qu'émettre ce grognement épouvantable. La fureur qui l'habite semble l'avoir complètement détraqué. Il cogne sa grosse tête contre l'entrée du trou, réussissant parfois à la glisser à l'intérieur, essayant de s'infiltrer davantage bien que ses larges épaules l'en

empêchent. Fou de rage et de dépit, il tente de déplacer les énormes rochers qui me protègent, puis il se met à frapper mon abri à grands coups de poing.

Il grogne si fort que je me bouche les oreilles et me mets à hurler sans retenue. Je le vois, par le trou, frapper la pierre et n'arriver qu'à bosseler son revêtement. Combien de temps cela durera-t-il ? AAAAH ! Zen plonge un bras vers moi. Je me recroqueville au fond de la cavité, me pressant de toutes mes forces contre la pierre. Il ne parvient qu'à effleurer mes genoux de ses doigts abîmés, mais ce bras rageur me terrifie. La peur, ça fait très mal. J'ai l'impression que l'on tord tout ce que j'ai dans le ventre. Je pleure, je crie :

– Zen, arrête ! C'est moi, ton ami. Zêêêêêêêêêên !

Sa main cesse soudain de s'agiter. A-t-il retrouvé la raison ? Pendant une seconde, Zen reste immobile. Puis il retire son bras de ma petite caverne et je l'entends qui détale. Je m'approche du trou en tremblant. J'ai à peine le temps d'apercevoir un chevreuil qui disparaît au loin, pourchassé par Zen qui disparaît à son tour. Avec une force étonnante, je jaillis de mon abri, je gravis de nouveau la colline, j'enjambe sans m'arrêter mon coffre de pêche, ma canne et mes truites. Je dévale l'autre versant, dépasse un renard qui gît sans vie aux abords du sentier et je me retrouve enfin dans une forêt intacte. Je cours et cours encore vers la maison, en pleurant, en criant, poursuivi par la peur.

Chapitre 4

La chasse au robot

Dès que j'approche de la maison, maman sort sur le seuil. Je vais m'écrouler dans ses bras, en pleurs, bafouillant :

– Zen... Zen est fou... Il... il...

– Je sais, dit maman qui me fait vite entrer et actionne le verrouillage intégral.

J'apprends que papa s'apprêtait à partir à ma recherche. Que Jean Millbits, le fils de Conrad, vient d'appeler sur le reliaphone, après avoir découvert son père inconscient, tassé sur lui-même dans un coin de son laboratoire. À mesure que je reprends mon souffle, je raconte ma propre histoire.

Papa, lui, raconte celle de ce pauvre Conrad, assommé par Zen. Heureusement, le vieux savant portait un casque de moto. La blessure ne semble pas trop grave malgré le choc violent et il a maintenant repris ses esprits.

– Ah! cette famille! lance maman. Toujours fourrée dans les pires aventures sans réfléchir! Et ça porte le nom de Millbits! Deuxbits aurait été plus approprié.

Si cette affirmation paraît drôle dans la bouche d'une spécialiste des expériences insensées, elle n'en est pas moins juste. Conrad et ses fils, Jean et Antoine, sont sans conteste nos champions de la folie scientifique. Dire que cet idiot de Conrad croyait avoir pensé à tout! En effet, une fois les circuits de Zen réorganisés de façon à le rendre « irritable », selon l'expression de l'expérimentateur, ce dernier a pris quelques précautions avant de mettre le robot à *ON*. Notre grand génie a d'abord verrouillé la porte du laboratoire, puis il a revêtu une combinaison matelassée ainsi

qu'un casque. Il se doutait donc que Zer.
pouvait décider de fuir sans demander son
reste ou se montrer un peu violent. Pas
une seconde, pourtant, il n'a pensé que ses
« ajustements scientifiquement dosés »

endraient le robot fou furieux et, qu'aussitôt allumé, celui-ci empoignerait son cher « ami vrai », le balancerait de toutes ses forces sur le mur de ciment et prendrait la fuite en défonçant la porte.

– Conrad s'en est bien tiré, dis-je à mes parents. Quand on pense que Zen a sauvagement tué au moins un lièvre et un renard, sans parler des arbres qu'il a massacrés...

– Par bonheur, toi aussi, tu t'en es bien tiré, pleurniche ma mère en me serrant dans ses bras. On ne savait même pas où tu étais passé. J'étais affolée !

Je tends la joue pour recevoir un doux baiser maternel, mais la voilà qui me quitte et se met à marcher de long en large. Les bras levés vers le plafond, elle lance en crescendo :

– C'est un comble ! À cause de ce stupide Millbits, mon bébé a failli être déchiqueté par son propre robot. Un robot sur lequel nous avons travaillé des jours et des nuits sans relâche. Un être quasi parfait. Un chef-d'œuvre de la technologie, complètement bousillé à cette heure par les improvisations d'un vieux toqué! C'est un comble!

Et son bébé dans tout ça? L'a-t-elle déjà oublié? Ne suis-je pas quasi parfait, moi aussi?

– Bon! Pas de temps à perdre, Armande, l'interrompt mon père. Je vais mettre l'hydrocoptère d'Étienne en sécurité avec le nôtre. S'il fallait que Zen trouve un de nos appareils...

Par la fenêtre, je suis mon père du regard. Il court sur le quai et saute dans mon petit hydrocoptère. J'aperçois Alfredo qui arrive sur son aérocycle, la tête près des nuages. Papa décolle et va rejoindre son collègue au-dessus du lac. Le toit de l'aquagarage s'ouvre et les deux appareils amerrissent en même temps.

La communauté est sur le qui-vive, m'apprend maman. Comme notre maison

. celle d'Icare sont équipées de fenêtres .ncassables en *vitriac,* de portes métalliques avec verrouillage intégral et de murs de béton, Alfredo se réfugie chez nous. Conrad et Jean Millbits, pour leur part, vont chez nos voisins, Icare et Irma. Il n'y a personne d'autre, puisqu'Antoine Millbits fait des emplettes en Californie et qu'Élisa, l'inventrice du *vitriac,* est à Francfort pour un colloque.

Icare nous appelle sur le reliaphone.

– Tout le monde est arrivé ? demande-t-il. Bon ! Ici aussi. Écoutez, je crois avoir trouvé LA solution. Bien que je ne me vante pas de cette erreur de jeunesse, vous savez que j'ai déjà travaillé dans l'armement. Vous ignorez néanmoins que je conserve ici quelques prototypes intéressants. En particulier un D.C.É., ou désactiveur de circuits électroniques. Une arme au maniement assez simple, une sorte de fusil, en fait. Le D.C.É. émet un faisceau qui, dirigé sur un ordinateur ou sur n'importe quel système électronique, efface

instantanément toute mémoire. L'appareil visé devient inopérant. C'est efficace, sans bruit ni bris extérieur... Une invention conçue entre autres pour combattre adéquatement un ennemi robotisé. Vous voyez où je veux en venir... J'ai beau chercher, je crains que ce soit tout ce dont nous disposons présentement pour contrer sans trop de risques notre robot fou. Et encore une chance que nous l'avons !

Est-ce que j'ai bien compris ? Épouvanté, je me précipite devant le reliaphone.

– Tu veux dire qu'on va TUER Zen avec ton D.C. truc ?

– « Tuer » est un bien grand mot pour un robot, réplique Icare. Il est devenu très dangereux, tu sais, Étienne. On ne doit prendre aucune chance.

– Salauds ! Tout ça, c'est votre faute, avec vos inventions débiles ! Ça ne vous dérange pas trop, hein ? Ce n'est pas bien grave, de détruire mon ami ! Sinon vous chercheriez une autre solution. Vous qui êtes des génies, vous n'avez pas pensé inventer un truc pour éteindre Zen à distance, plutôt que de lui désactiver la mémoire comme si de rien n'était ?

Mes invectives ne semblent pas émouvoir Icare. L'air hautain, il me répond :

– D'abord, on n'a pas de temps à perdre à inventer des trucs aux effets incertains, dont on ne peut pas vérifier l'efficacité sur Zen, alors que nous possédons déjà un instrument aux résultats assurés. Ensuite, le robot que nous devons neutraliser est un appareil ultrasophistiqué. J'en sais quelque chose, puisque j'ai participé à sa fabrication, et j'ai de bonnes raisons de me méfier de ses réactions si nous utilisons une télécommande improvisée. Je crois que, dans les circonstances, des moyens draconiens s'imposent. Le D.C.É. est le seul instrument disponible ici que j'oserais confier à l'un d'entre nous pour affronter un robot fou furieux avec un minimum de sécurité.

– Blablabla, charabi, charabia, inventi, inventata...

– On va t'en fabriquer un autre, tente ma mère en passant un bras autour de ma taille.

Je me dégage énergiquement en criant :

– Un autre, ce ne sera jamais Zen ! Jamais ! Pense à tous les souvenirs que nous partageons. Comment pourrais-tu mettre dans la tête d'un autre robot les millions de minutes que nous avons passées ensemble, Zen et moi ?

Mon père me prend solidement par les épaules et m'entraîne hors du champ du reliaphone.

– Je sais que c'est dur, dit-il, mais calme-toi, je t'en prie. On a à discuter de choses sérieuses.

– Parce que ce n'est pas sérieux, perdre un ami pour toujours ?

Je m'affaisse en pleurant. Comme je déteste les savants ! J'entends la voix d'Icare qui déclare le plus naturellement du monde :

– La nuit tombe et nous sommes tous en lieu sûr. Je crois donc préférable de remettre l'opération à l'aube. Jean est d'accord pour se charger de la mission.

Grâce à la barre de vitesse et au détecte
de métal, il va retrouver Zen sans trop d
mal. Il se dit bon tireur...

La barre de vitesse et le détecteur de
métal... Ça me crève le cœur ! Des appareils qu'Icare et mes parents ont justement
inventés l'été dernier pour rechercher
Zen. Que ça me paraît loin, maintenant,
le coup de foudre de mon robot pour
Freydis, et cette terrible peine d'amour qui
l'avait fait fuir dans les bois ! Si elle savait
ce qui se passe, ma belle oiseau ! Elle qui
disait que tout redeviendrait comme
avant. Eh bien non ! Freydis ne reverra jamais Zen ; Zen ne reverra jamais Freydis.
Plus rien ne sera jamais pareil. Demain, à
l'aube, commence la chasse au robot.

Chapitre 5

Visite-surprise

Ils se prétendent intelligents. Savants, même ! Et ils m'envoient me coucher comme si tout était normal. Comment arriverai-je à dormir quand mon ami est condamné à mort ? Quand chaque minute fait progresser le compte à rebours ? Quand je suis le seul ici à chercher un moyen pour régler le problème de Zen ? Un autre moyen que ce foutu fusil à désintégrer la mémoire...

Malheureusement, je suis aussi le seul ici à ne pas être un grand savant ni même un minuscule savant... Alors, mes recherches... Quelle veine ! Le seul à vouloir

ver mon ami et le seul à en être inca-
ble ! Mes pensées tournent à vide, je le
ais bien, mais je ne peux les arrêter.

Oh ! le manège cesse net ! Ce bruit loin-
tain, je le reconnais trop bien. Je saute du
lit en retenant mon souffle. Je cours à la
fenêtre. Mes parents ont allumé les pro-
jecteurs donnant sur le grand parterre. Je
scrute l'orée du bois et je tressaille : Zen
vient d'apparaître ! Son revêtement
d'aluminium reluit vaguement dans la lumière halogène. Malgré les fenêtres closes,
son grognement de plus en plus distinct
me glace le sang. Mon robot avance vers
la maison et plus il s'approche, plus l'en-
vie de le sauver fait place à une peur
épouvantable.

Je quitte ma chambre en courant, dé-
gringole l'escalier et découvre mes trois
grands savants tassés les uns sur les autres
au milieu du salon. Ils ont le teint plus
blanc que jamais et les yeux exorbités. Zen
frappe déjà à grands coups de poing contre

la porte d'entrée. Maman se plaque les mains sur les oreilles.

– Ce grognement est intolérable, se force-t-elle à commenter à peu près calmement. Il va me faire grincer des dents, l'animal !

– Claquer des dents, tu veux dire, réplique mon père.

– Oh ! les deux, si tu y tiens.

Je me colle au petit groupe, comme si nous pouvions nous servir mutuellement de bouclier. Mon père semble soudain constater l'absurdité de la situation : il se détache de nous et fait quelques pas, d'une façon exagérément décontractée.

– Du calme, voyons ! Nous ne risquons rien ici, déclare-t-il. Vraiment, je ne nous reconnais pas. Au lieu de rester plantés comme des piquets, nous devrions observer le phénomène. Tiens, Armande, toi qui aimes tout prendre en note, je me demande ce que tu attends...

Papa esquisse un sourire qui serait sans doute rassurant si le cher homme pouvait retenir cette petite toux qu'il nous sert toujours en situation de crise. Ma mère court chercher une tablette de papier et un crayon. Dehors, Zen décide de s'attaquer à la porte de derrière. Maman revient, en brandissant le crayon. Redevenue fidèle à elle-même, elle avance une hypothèse :

– Si Zen a gardé un peu de logique, il va ensuite grimper le mur pour atteindre le balcon qui donne sur la chambre d'Étienne.

Bravement, elle s'approche d'une fenêtre et, de la tête, nous fait signe qu'elle a vu juste.

– La rage lui donne une sorte de précipitation, commente-t-elle encore, tout en prenant des notes. Ce robot qui, en mode pseudo-gravitationnel, avance d'habitude avec précaution, vient d'atteindre le balcon en trois enjambées sur le mur. Intéressant.

J'entends Zen qui tente de gagner ma chambre et la tristesse revient se mêler à ma peur. Les coups qu'il donne sur la porte de métal, là-haut, résonnent dans toute la maison et dans chacun de mes os. Les larmes me montent aux yeux.

Ma mère interroge :

– Suis-je objective ? Il me semble que le curieux grognement émis par Zen s'amplifie. Comme si la force de son émission variait selon le niveau de contrariété ressentie par notre robot...

– Maintenant qu'il a essayé les trois portes, j'espère qu'il va s'en aller, se contente de lui répondre Alfredo, toujours collé sur moi au centre de la pièce, la tête enfoncée dans les épaules.

– Il redescend en deux enjambées ! signale ma mère, le nez dans la fenêtre.

BAOOOOOOOOMMM ! AAAAAAAAAAH !

Le coup a été fulgurant. En une fraction de seconde, Zen touchait le sol et, voyant maman derrière la fenêtre, s'emparait d'une grosse pierre qu'il balançait de toutes ses forces dans sa direction. Le projectile a rebondi contre le matériau incassable avec un effet si saisissant que ma mère en a été littéralement renversée.

«Vive le *vitriac*!» s'exclame mon père, qui court aider maman à se relever. Malheureusement, le souhait d'Alfredo ne se réalise pas : plutôt que de partir, Zen se jette à une vitesse folle sur toutes les grosses pierres qui traînent autour de la maison et bombarde aussitôt nos fenêtres. Il est infatigable, comme un robot se doit de l'être, et la roche ne manque pas par ici !

De nouveau agglutinés les uns contre les autres, nous tremblons autant que les fenêtres. Le *vitriac* a beau résister, il vibre. Et le vacarme est tel que les coups répétés atteignent nos nerfs : à ce rythme-là, ils vont sûrement lâcher avant le fameux matériau inventé par Élisa !

Ouf ! le tintamarre cesse tout à coup et nous nous regardons, éberlués. Ne reste que le grognement de Zen qui, après un pareil concert, nous fait l'effet d'un banal ronron. «Superscientifemme» court ramasser sa tablette et son crayon laissés sous la fenêtre et jette un œil dehors.

– Il a mis sa main en mode « outil » ! s'exclame-t-elle.

Après quelques secondes, nous entendons un grattement dans la serrure de la porte principale. Maman se tourne vers nous, bouche bée.

– Voilà qui intéressera sûrement Conrad, se reprend-elle bientôt en prenant des notes. Chez un robot, la fureur semble pouvoir se muer instantanément en rage froide. Nous pensions avoir affaire à une brute n'utilisant plus que la force physique. La rage, croyions-nous, avait rendu certains circuits inopérants, de la même manière qu'elle peut faire perdre la tête aux êtres humains. Mais nous faisions erreur. Cette créature qui, il y a quelques secondes, frappait aveuglément, vient de changer de mode de fonctionnement et se sert maintenant de son intelligence pour arriver à ses fins. Vous vous rendez compte : il s'attaque minutieusement au système de verrouillage ! Trrrrrès intéressant.

– Oui, et n'oublie pas un détail trrrrrès important, remarque froidement mon père. Le système de verrouillage est peut-être complexe, mais ce robot est assez bien outillé pour parvenir à ses fins. Pas de panique ! Tout le monde dans l'aquagarage ! Auparavant, Armande, tu m'accompagnes au laboratoire. On va s'équiper !

Chapitre 6

L'affrontement final

L'aquagarage est un immense hangar prolongeant la maison au-dessus du lac. Les quatre murs de béton sont bordés à l'intérieur d'un large quai du même matériau, ce qui donne au lieu des allures de piscine olympique. Une curieuse piscine, cependant, sur les eaux de laquelle reposent deux hydrocoptères, sans compter l'aérocycle d'Alfredo, sur ses flotteurs. Alfredo et moi arpentons le quai nerveusement, les yeux sur la porte qui communique avec la maison. Bientôt, papa et maman la franchissent, poussant deux gros chariots chargés d'écrans, d'ordinateurs et de plusieurs autres gadgets.

Ici, nous nous sentons à l'abri. L'endroit est parfaitement isolé des bruits extérieurs et nous le savons presque imprenable. D'ailleurs, même si Zen venait à bout de notre bunker, nous n'aurions qu'à sauter dans nos appareils et à nous enfuir par le toit ouvrant. Mais il n'y parviendra pas : l'épais panneau de métal qui coulisse entre l'aquagarage et la maison ne s'ouvre qu'au moyen d'une télécommande. Normalement, un appareil est accroché sur le mur, de chaque côté de l'entrée, mais cette fois-ci, nous avons pris soin d'emmener les deux télécommandes avec nous, à l'intérieur.

Zen risque de pénétrer dans la maison d'un moment à l'autre et mes parents craignent par-dessus tout qu'il ne dévaste leur laboratoire. Bien qu'ils aient emporté ici leurs précieux ordinateurs et quelques inventions, ils n'ont pas une seconde à perdre s'ils veulent tenter de limiter les dégâts. Les trois savants installent une console de communication dans un coin, branchent le reliaphone et appellent Icar... De nouvelles dispositions s'imposent : avant que Zen casse tout dans la baraque, Jean Millbits doit rappliquer au plus vite avec le D.C.É. Nos fins stratèges trouvent même du bon dans la brusque tournure des événements : sans doute sera-t-il plus facile d'attraper Zen entre les murs de la maison, puisqu'il y sera en quelque sorte pris au piège.

En attendant l'arrivée de Jean, mes parents surveillent la porte principale sur un écran. Ils ont laissé un œil électronique téléguidé dans le salon. Cette petite merveille de la technologie flotte dans les airs et se déplace à notre guise. Elle ne capte toutefois pas le son, ce qui augmente le malaise que nous ressentons à fixer, le cœur battant, l'image statique d'une porte fermée. Sans le bruit de grattement dans la serrure ni le sinistre grognement de Zen, nous nous demandons même si celui-ci travaille encore à entrer...

AAAH ! Nous échappons tous un cri ! À

'écran, la porte du salon vient de s'ouvrir d'un coup sec. Zen apparaît, remettant sa main en mode « normal » et entrant calmement dans la maison. Un instant, je me prends à espérer que sa crise est passée. Les images qui suivent me détrompent. Sans raison apparente, mon robot plonge à nouveau dans une fureur indescriptible. Ma mère, qui manipule la télécommande de l'œil électronique, a du mal à le suivre. Zen zigzague follement d'un bout à l'autre du salon. Il renverse tout sur son passage. Le voilà qui crée une tornade dans les rayons de la bibliothèque, comme je l'ai fait la semaine dernière... Sauf que lui s'en prend ensuite aux livres qu'il a éparpillés, déchiquette les reliures, réduit les pages en confettis. Mes parents gémissent devant le désastre. Alfredo les console :

– Soyons positifs, chers amis : pendant que Zen s'acharne sur vos livres, il limite les dégâts au salon.

Sur ces paroles sensées, le toit de l'aqua-garage s'ouvre et la boule voyageuse des

Millbits vient se poser à côté de nos hy drocoptères. Jean saute sur le quai avec des allures de soldat en mission spéciale. Portant le casque et la combinaison mate- lassée de son père, il brandit le fameux fusil à désintégrer la mémoire. Malgré son allure de gros jouet ridicule, cette arme me fait frémir.

Mon père s'empresse d'installer un

couteur dans l'oreille gauche de Jean. Ainsi, il pourra lui transmettre des instructions à partir des images captées par maman grâce à l'œil électronique téléguidé. Avant d'entreprendre sa mission, le chasseur de robot vient observer ce qui se déroule à l'écran. Au salon, Zen passe toujours sa rage sur les malheureux bouquins. À la manière dont les fragments de pages déchirées volent autour de lui, on le croirait plongé au cœur d'une terrible tempête de neige. Jean paraît ébranlé par ce qu'il voit, mais il analyse néanmoins la situation froidement :

– Le robot est présentement dans une position qui nous est très favorable. En suivant le corridor qui relie l'aquagarage au salon, je pourrai le surprendre par derrière, à moins qu'il ne bouge d'ici là... Je n'ai donc pas de temps à perdre. Allez, Étienne ! Viens m'ouvrir.

Ça y est ! Mon cœur se serre. Il me fait terriblement mal. Le compte à rebours est amorcé pour de bon. Mes parents et

Alfredo restent collés à leur écran. Je prends la télécommande et j'emboîte le pas à l'étrange commando. Je tends la manette, inspire profondément, et compose les trois lettres du code. L'affreux grognement de Zen nous parvient dès que la porte se met à coulisser. Jean s'attarde un instant sur le seuil, puis s'engage dans le corridor sans se retourner. Moi, je le suis des yeux, hésitant tout à coup à recomposer le code. Quand la porte se refermera, je serai définitivement exclu du terrible événement qui se prépare. Est-ce que je peux me retrancher ainsi derrière les murs épais de l'aquagarage ?

J'appuie sur une première touche. Toute ma vie, je le comprends soudain trop bien, je garderai le pauvre souvenir de cette porte de métal coulissant devant moi. Moi qui n'aurai rien tenté pour sauver mon ami. Peut-être existe-t-il une toute petite dernière chance de nous en sortir autrement et je ne serai pas là pour la saisir... J'appuie sur une seconde touche, tout en jetant un coup d'œil sur mes parents. Penchés sur leur écran, ils ne se soucient pas le moins du monde de cette foutue porte, ouverte ou fermée. J'appuie sur une troisième touche. Le panneau de métal se met à glisser. Je lâche aussitôt la télécommande. Une force irrésistible me pousse dans le corridor avant que la porte ne se referme complètement. Quelle folie ! Je passe de justesse, à un cheveu d'être écrasé vif ! Un bout de mon t-shirt reste d'ailleurs coincé.

Voilà. Il n'y a plus moyen de revenir dans l'aquagarage. Même si je frappais sur le lourd panneau, mes parents ne m'entendraient pas.

Je tire sur mon t-shirt jusqu'à ce qu'il se déchire et je me lance sur les traces de Jean. Au bout du corridor, je me presse contre le mur et risque une tête dans l'antichambre qui fait office de cage d'escalier et donne sur le salon. Impuissant, je vois Jean, de dos dans l'entrée, qui épaule le fusil à effacer la mémoire. En même

temps, je vois Zen, au fond du salon, se retourner et bondir sur le tireur. Dans son formidable saut en longueur, le robot évite de peu le faisceau rouge qui jaillit du D.C.É.

Il est d'une rapidité folle. Les chances de Jean sont nulles! En moins de deux, Zen lui arrache le fusil des mains et le jette à l'autre bout de la pièce. Son grognement devient insupportable, entrecoupé de grincements stridents. Utilisant ses mains comme étau, il presse les bras de Jean contre son corps et le soulève, tel un pantin.

Quelle horreur! Voilà Zen qui avance dans l'antichambre en secouant sa victime. Je me plaque derrière le mur du corridor et je calcule mes chances à la vitesse d'un ordinateur. Si, par bonheur, Zen tourne à droite pour aller dans la cuisine, ou s'il continue devant lui pour prendre l'escalier, je courrai chercher le D.C.É. dans le salon, et je tenterai ensuite d'aller coincer le robot fou là où il se trouvera. S'il tourne à gauche et prend le corridor où je me cache, je suis fini.

C'est incroyable tout ce qui peut tenir dans une fraction de seconde : une éternité de frayeur et de calcul, la terrible importance de deux pieds d'aluminium et de

plastique avançant sur un plancher de *pierramic* breveté, un robot qui frôle le coin de mur contre lequel vous êtes tapi, qui passe sans remarquer votre présence et continue tout droit...

Ouais! Zen se dirige vers l'escalier. Me voilà juste derrière lui. Vive l'adrénaline : la solution éclate dans ma tête, fulgurante! Avec une incroyable énergie, je saute sur le dos de mon robot, entoure sa taille de mes genoux, lance les bras par-dessus ses épaules et pousse son bouton à *OFF*! Il s'arrête net, juste après avoir desserré les doigts pour contre-attaquer. Tombé au pied de l'escalier, Jean me regarde, hébété, à moitié sonné, et il balbutie :

– Étienne... Oh! Étienne! Si je m'attendais... Tu m'as sauvé!

Soudain, je saisis toute la portée de ce que je viens de faire. Sans force, je me laisse glisser du dos de Zen. Mes pieds touchent le sol, mais mes jambes ne peuvent même plus me soutenir. À genoux,

secoué de frissons, je m'écrie tout en san-
glotant :

– Je voulais juste te sauver, toi, et j'ai
aussi sauvé Zen. Tu te rends compte, Jean ?
J'ai sauvé Zen ! Je l'ai éteint. Plus besoin du
D.C.É. J'ai réussi !

Je me tourne vers l'œil électronique de
mes parents, immobile au-dessus de nos
têtes, et je lance aussi fort que je peux :

– Vous voyez ! Moi, j'ai réussi !

Chapitre 7

Salut, l'artiste !

Arrivés en trombe, ma mère se jette sur moi, ne sachant plus trop si elle doit me féliciter ou me faire des reproches, tandis que mon père se jette sur Zen, un tournevis à la main, et lui retire son cerveau.

– Tu as failli te faire tuer, mon espèce de fou, mon héros adoré, ma petite cervelle brûlée, mon grand champion, mon sans-allure…, susurre maman en me pétrissant comme de la pâte à pain.

Icare, Irma et Conrad arrivent à leur tour. Papa remet aussitôt à Conrad la petite boîte noire contenant l'intelligence de mon robot.

– Répare-nous ça au plus vite, lui dit-il
sèchement.

Piteux, le savant ne se fait pas prier. Il
promet même de faire des merveilles.
Toujours à se vanter, ces inventeurs !

Pourtant... Jean tend à Icare son fameux D.C.É. en ironisant :

– Finalement, tu as bien fait de quitter le domaine de l'armement. Ce n'était vraiment pas pour toi, on dirait.

Piqué au vif, Icare lui arrache son invention des mains et rétorque :

– Un fusil, ça ne fonctionne pas tout seul ; encore faut-il un bon tireur. Et ce n'est pas ton cas, on dirait.

N'empêche, ils peuvent réussir des bons coups, mes incroyables fous. Pendant que Conrad réorganise les circuits électroniques de Zen, mes parents et Icare remettent sa carrosserie à neuf, tant et si bien qu'en moins de deux jours, je retrouve mon bon vieux copain tout pimpant.

Il y aura bientôt un mois, maintenant, que cette aventure est terminée. Zen est très triste d'avoir causé de pareils dégâts dans la forêt et dans la précieuse bibliothèque de mes parents. À la lumière de ces événements, mon ami ne se laissera plus jouer dans les puces, j'en suis certain, bien que... Conrad a beau prétendre avoir remis Zen dans son état originel, sans modification d'aucune sorte, moi, j'ai de sérieux doutes.

Quand, il y a deux semaines, mon robot a insisté pour nettoyer la forêt qu'il avait ravagée, il en a profité pour ramener à la maison une bonne quantité de grosses branches sèches. Depuis, chaque fois qu'il a un moment libre, il met sa main en mode « outil » et sculpte le bois ramassé.

Zen a un talent incroyable ! Dès qu'il touche une branche morte avec son couteau, on dirait que celle-ci reprend vie. Comme si, en creusant le bois, Zen en libérait l'âme. Des animaux féeriques naissent de ses mains, prenant forme avec une rapidité et une finesse... surnaturelles. Ce cher Conrad jure qu'il n'y est pour rien mais, je le répète, j'ai de sérieux doutes.

Assis sur la terrasse, dans le chaud soleil

de juin, je regarde mon ami terminer son dernier chef-d'œuvre. Il passe un petit rabot sur le pied d'une statuette représentant Freydis. Notre belle Freydis, telle qu'elle s'imagine dans ses rêves les plus fous ! En effet, Zen l'a représentée déployant deux ailes magnifiques, faites de plumes de bois si délicates qu'elles nous feraient éternuer si nous étions allergiques au duvet. Mon cœur s'emballe tellement je suis heureux : dans quelques jours, Freydis viendra nous rejoindre pour l'été ! Zen redresse la statuette et, tandis que j'écarquille les yeux d'admiration, il me demande :

– Comment on appelle un robot qui travaille le bois ?

– Je donne ma langue au chat, même si je sais qu'il en a déjà une.

– Un rabot. Ha ! ha ! ha !

Eh oui ! Zen s'est aussi remis aux blagues. Il en pousse une de temps en temps. Ou deux :

– Quel jeu est le préféré des robots ?

– Euh... attends... Le robopoly ?

– Non, le robowling.

Nous rions pendant que Zen range ses outils. Je soulève le chef-d'œuvre et je n'en reviens pas : ma belle oiseau semble si vraie qu'elle va s'envoler de mes mains. Je les referme bien fort pour la retenir.

– Zen donne la sculpture à Étienne, déclare mon robot. Zen a fait Freydis pour son ami vrai meilleur. Zen sculpte un Étienne sur le dos de Zen après. Pour donner à Freydis la semaine prochaine.

Tout content, je me lance sur lui et je l'embrasse. Ouch ! sa joue d'aluminium est devenue brûlante au soleil. Je grimace de douleur.

– Ha ! ha ! ha ! Étienne a un robobo ? s'esclaffe mon grand fou.

– Pas grave, j'adore les baisers brûlants ! que je lui lance en courant porter l'adorable petite Freydis dans ma chambre.

Sacré Conrad ! Oui, j'ai de sérieux doutes sur ses sages réparations. Les savants n'en font jamais qu'à leur tête. Parfois, ça donne des désastres. D'autres fois, des merveilles !

Table des matières

Mot de l'auteure

Danielle Simard

Fou furieux est mon cinquième rendez-vous avec Étienne et Zen. Dès notre première rencontre, dans *Mes parents sont fous*, j'avais pourtant imaginé le jour où mon incroyable robot se détraquerait, échapperait au contrôle des savants, nous donnerait des frissons…

D'autres idées sont venues bousculer celle-ci et *Fou furieux* a longtemps mijoté dans ma tête. Peu importe, j'allais avoir toute une surprise en me mettant enfin au travail : moi qui croyais souffrir en racontant cette terrible histoire, je me suis follement amusée à frissonner !

Dire que j'hésitais à écrire un roman qui fait peur !

DANS LA MÊME COLLECTION

DANS LA MÊME COLLECTION

    🕊 lecture facile

  🕊 🕊 bon lecteur

Payette & Simms inc.

Achevé d'imprimer en octobre 2000 sur les presses de
Payette & Simms inc. à Saint-Lambert (Québec)